照见心灵

黄俊华/著

梨小木/插图

当代世界出版社
THE CONTEMPORARY WORLD PRESS

图书在版编目（CIP）数据

照见心灵 / 黄俊华著；梨小木插图. —北京：当代世界出版社，2021.5
ISBN 978-7-5090-1601-5

Ⅰ．①照… Ⅱ．①黄… ②梨… Ⅲ．①散文诗－诗集－中国－当代 Ⅳ．① I227.6

中国版本图书馆 CIP 数据核字（2021）第 001118 号

书　　名：照见心灵
出版发行：当代世界出版社
地　　址：北京市东城区地安门东大街 70-9 号
网　　址：http://www.worldpress.org.cn
责任编辑：李俊萍
编务电话：（010）83907528
发行电话：（010）83908410（传真）
　　　　　13601274970
　　　　　18611107149
　　　　　13521909533
经　　销：新华书店
印　　刷：北京彩眸彩色印刷有限公司
开　　本：787 毫米 ×1092 毫米　1/32
印　　张：5.75
字　　数：60 千字
版　　次：2021 年 5 月第 1 版
印　　次：2021 年 5 月第 1 次
书　　号：ISBN978-7-5090-1601-5
定　　价：58.00 元

序　言

　　这是为你写的书，也是为我自己写的书，是一本为你和我的心灵写的书。

　　心灵的取向，就是双脚行进的方向。心灵成长的地方，就是种子生长的地方。

　　心是因，世界是果。能够迈得过心中的槛，就能敲得开世间的门。能够解读心灵的路径，就能破译万物的轨迹。

　　打开一本新的书，就是走上一条新的路。用心阅读的人，在书本中看到了路，就会在生活中找到方向。就像一个孩子，得到了童话中的欢乐，也就能感受到现实中的欢乐。

　　心灵的花开与花落，抒写了这本书的诗情和画意。

　　愿这本书成为一件礼物，为你化愁解忧，陪伴你和我心灵的四季。

黄俊华

2021 年 3 月于四川内江

目　录

这颗心

我们看过的所有书籍
我们听过的所有音乐
我们经历的山山水水
我们遇见的芸芸众生
我们感受的风霜雨雪
我们仰望的日月星辰
全部都装进来
也装不满一颗心

心，广大无边
心，无所不包
心是一本写不完的书
心是一条走不尽的路

心不是一个想法
而是无限可能
心不是一朵浪花
而是无垠大海
心不是一片白云
而是无尽长空

浪花起落，不损沧海
白云聚散，无碍苍穹

涨落聚散
离合悲欢
都在
这颗心

银杏满地

悠悠岁月
是美妙的旅行
满地的银杏
是金黄的足印

漫漫旅途
最重要的观光
就是观察
我们自身的光芒

内在的向导
决定我们的双脚
能否找到
人世间，那唯一的道

荷花

打开窗
深呼吸
关上心头的杂音
听清风徐徐
拨动
夏日的琴弦

孩子的双眼
总能看到
与众不同的美景

风平浪静
船儿已经靠岸
满池荷花
在梦初醒的时候盛开

花匠

耐心的花匠
与四季对话
染一身花香
成了我们中间
最受蜜蜂和蝴蝶欢迎的人

关心花草的人
离烦恼更远
离大地更近
大自然的孩子
双手要粘满泥巴
才算是真正的种花人

放下

真正需要放下的
不是他人或外物
而是我们对人的依赖心
和对物的占有欲

否则，松开了这一个
又会去抓取另一个
这并不是放下
只是转换了执着的对象

那颗放不下的心
制造了一生所有的痛
而我们所放不下的
迟早有一天
会将我们狠狠地放下

画画

以一颗素心作底色
先画上圆盘似的青青荷叶
再用红色描出那枝
心爱的荷花
让它那带着露珠的美
在盛夏的水面，次第绽放

我要把这幅画
送给那些童心未泯的人
那些愿意与花儿交朋友的人

等一等，好像还少点什么
最好，有只羽毛斑斓的翠鸟
凌波而来
实在不行的话
有两只蓝蜻蜓也挺好的

011

过河

哼着歌谣的溪水
流向远方
弯弯的小桥
把昨天和明天相连

心爱的雨伞
呵护童年
走过了梅雨季
也走过了艳阳天

上与下
晴与雨
都是路上的风景
拥有一颗看风景的心
世间就没有逆境

拼图花园

种下一棵开花的树
我的心，就成了一座花园
樱花烂漫的小小花园
是大地上的一块美丽拼图

邻居们也有自己的花园
种着各自喜欢的花草树木
想一想，如果拆掉篱笆
所有的拼图亲密无间
是否会拼出一个完美的世界

不懂人情世故的樱花树啊
早已探出枝头
在邻居的庭院里尽情绽放
没有姓氏的春天，原本无界无边

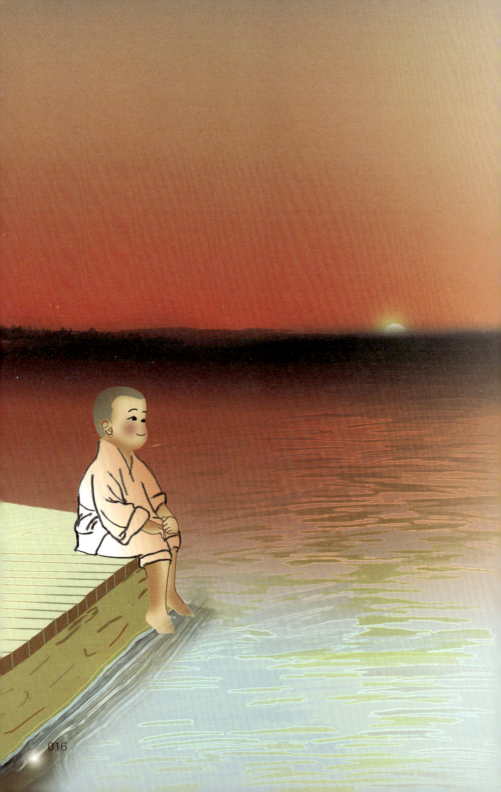

好好想一想

在春天里开了会谢的樱花般的事物
在夜空中一闪而过的流星般的事物
不停流逝越走越远的河水般的事物
无比绚烂又过于短暂的烟火般的事物
就算写进诗里也无法长久留下的事物

看看还在眼前的美丽夕阳
想想已经不在的美好时光
一生要经历怎样的学习
我才能，从刹那之中找到永恒

早起

比我更早的是闹钟
比闹钟更早的是晨星
比晨星更早的
是我遗失在夜里的梦

早起的人，思维清晰
更能懂得
生活的选择与取舍
自律者的早上
空气清新
与草木一块儿深呼吸
与鸟儿一起迎接日出
这一天会变得
悠长而美好
上天馈赠的这份礼物
睡懒觉的人可别想得到

在苍翠的松树下

翻开一本经典
慢慢地阅读
逐字逐句，浅浅地读
反复沉吟，深深地读

好的书籍，蕴含着
打动人心的力量
让时光停留
让日子变得芬芳

被一声鸟鸣唤醒
我感到，胸中
有一些坚硬的东西在消融

让心飞翔

打开笼门的瞬间
鸟儿，找回了久违的翅膀

天空，没有固定的轨道
所有方向都是通途

人心若不画地为牢
大地上，本来没有监牢

以鸟儿和天空为师
任何时候，也无须灰心

内在的鸟鸣，教会我
成为天地之间的飞翔者

睡莲

从晨钟到暮鼓
一朵莲花睡着了

从闭眼到睁眼
一个孩子醒来了

看不见的地方
是谁在拨动琴弦

不在柔情的水中
听曲的人远在尘外

献给妈妈的厨房诗

辣椒的鲜红、莴笋的翠绿
渲染出生活这幅油画的色彩
从米缸到饭锅，是一条
需要耐心才能走完的道路
灶火的煎与熬，让人生成熟

饥饿是餐桌上最好的调味品
优秀的厨师，能够洞悉与尊重
每种食材蕴含的时令节气
巧手将四季的风霜雨露调配
烹饪出一碗碗的甜酸辣苦

每一个晨昏，人间的炊烟升起
勤劳的人为心灵的三餐劳作
农作物的优劣体现农夫的品德
有粮食和蔬菜的厨房温暖如春
年年岁岁把我们所爱的人滋养

观察心的运作

风景在光线中时明时暗
正如这颗善变的心

容易被诱惑的心
相信自己编织的故事和谎言
为美妙而虚幻的事物上瘾

想要占有的心
为好消息兴奋，为坏消息沮丧
喜欢的想抓紧，讨厌的想逃避

喜怒无常的心
上一刻阴云密布，下一刻就雨过天晴
上一秒针锋相对，下一秒又如胶似漆

通过观察心的运作
我想看清，是什么在主宰我们的命运

节日来临

不必等到特定的节日
或者某位贵客
今天，就沏上顶好的茶
今天，就点燃绝妙的香

其实
能够呼吸的每一天
都是节日
有缘进门的每个人
都足够尊贵

否则，需要问问自己
你究竟是要饮茶呢
还是想要炫耀什么呢
你究竟是要品香呢
还是想要交换什么呢

寄一本书给你

把一本让我受益的书寄给远方的你
许久没有联系了，但我还是在关心着你
我知道你正为家庭的琐事烦恼
书里那些打动我、融化我的智慧
相信也会让你得到成长和感悟

想象你在某个机缘之下开始阅读
字里行间的阳光会驱散你生活的迷雾
当你欢乐的时候，作为朋友我会为你高兴
当你幸福的时候，我祝你的幸福地久天长

我们是共同攀登人生这座山峰的同路人
也许，途中会为各自喜欢的景色而驻足
但相信我们会再度欢聚，在俯瞰群山的绝顶之上

写诗

当我把一个个汉字
在诗里安放好的时候
仿佛把心里的一些东西
也一一安顿好了
当文字变得流畅的时候
心情也变得无比舒畅

不同的字有不同的
纹理、色泽、质感和分量
每个字都有自己
来到世间的使命和意义

当一首诗完成，心如晴空
一个字就是一颗星辰
优美而有序地运行在
浩瀚无际的内在宇宙

春光

调皮的白云
躲进了积水的池塘

金黄的油菜花
在蝴蝶的梦中开放

穿新衣的花儿们
扎堆过生日

欢乐的涟漪
在孩子的脸上泛起

漂泊

重要的，不是这一生
跋涉了多远的路程
而是有没有想明白
究竟要走向何方

是否要浪迹海角天涯
是否要走遍万水千山
你才会明白
你所找寻的，就近在眼前

岭上花开的时候
风尘仆仆的少年
从一场遥远的梦中归来

春日暖阳

当我们不再使用
冰冷刺骨的词语
百花就开了

从心到口的爱
如春日的阳光
温暖，但不刺眼

孩子们因为简单
所以快乐
因为快乐
所以成为鸟儿的朋友

当心灵如花绽放
最美的春天
就会寻你而来

下棋

着眼之处即是
着手之处
起点决定终点

每一步落子
都性命攸关
人算不如天算

与世界对弈
赢遍了绝世高手
却输给了岁月

这一盘和了吧
真正的对手不是他人
而是自己的心

失去的

拥有的虽然还被拥有
却注定终将失去
失去的已经失去
就仿佛从来未曾拥有
患得患失的人，误以为
自己是外物的永久拥有者
其实，我们只是暂时的保管者

一无所有地来
两手空空地去
这看得见的轮回教会我们
如何与自己相处
与世界和解
教会我们什么是爱——
爱我们拥有的
也爱我们失去的

简单地生活

一天很快就会过去
一生很快就会过去
看看野花
听听虫鸣
有书即读
有诗则吟
困了就睡
渴了便饮
照顾好自己的爱
照顾好自己的心
简简单单地生活已经很好

重来一回

欢乐的笑声，响彻了
纯真的童年

真挚的情感，湿润了
少年的双眼

冰封的日子，收到了
久盼的书信

冻红的手，捧起一碗
刚煮好的汤圆

一觉醒来，又看见
熟悉的笑靥

读书郎

书声琅琅的课堂
谆谆教诲的师长
与亲爱的伙伴一起
在优雅的书香中成长

不是书本需要
我们去读它
而是我们需要
通过读书找寻人生的方向

拥有一颗求知的心
人人皆可为师
凡事皆是课题
万物皆是教具
天与地，是一间博大的课堂
我们都是
行走于天地间的小小读书郎

学会谦虚

调皮的风筝
飞到哪里去了
贪玩的孩子
跑到哪里去了

风筝飞得再高
也在天空的怀抱
我们跑得再远
也在大地的怀抱

长大成人的孩子
依然是母亲的牵挂
征服天下的英雄
依然是世界的一粒沙

开窗

开窗，是一次机会
迎来清新的空气
慷慨的阳光和幽幽的花香

无论曾经封闭多久
当你打开窗子
世界，就会少一分孤独
而那些入定的山和赶路的云
也会看见
你心中的诗意和眼中的眺望

即使此刻，你身处
无法开窗的地方
也请写下"开窗"这两个字

和你一起看雪

山前山后，落满了雪
往昔的足迹
在记忆中，变得更加清晰

还记得，春天的海棠花
夏季的红樱桃
以及深秋满山的枫叶

上天安排了，美满的一切
但有福的人不知福
就如雪中的孩子看不到雪

把所有看似平凡的日子
串起来，就会发现
四季中隐含的浓浓诗意

时光的疗愈

据说，三年的白茶可以入药
时间不是药，却可疗愈一切
时间改变不了过去的事情
却可改变我们对事情的看法

有些事似是而非
有些人似非而是
其实，世界原本无是无非
疗愈了人心，就疗愈了整个世界

起步于豪情万丈的壮志
止步于浅尝辄止的认知
好好盘点，这一生的得失
慢慢品味，这一壶岁月的回甘

深夜独自看书

一见钟情的书
会把我们的目光吸引
意想不到的书
会把我们的思维打开
充盈智慧的书
会为我们指点迷津
命中注定的书
会在世界的某个角落
为你痴痴等待
哪怕，人海茫茫
哪怕，岁月苍苍
只要有缘，终会相见

书籍无声，但却有情
有书相伴的夜晚是如此幸福
尽管，我已经
习惯了孤独并享受孤独

树下的果实

树下的果实红彤彤的
被欢乐的孩子们弯腰拾起
能够捡到手里的每一颗果实
都是他们曾经善待过的种子

放进嘴里的果实，有一种
酸酸甜甜的诱人滋味
就像懵懂而甜蜜的童年
已经过去很久，还是回味无穷

虽然老爱变换脸色的季节
那么慷慨地带来了各种礼物
虽然孩子的嘴巴难免贪吃
但其实，他们的要求并不算多
能装满小小的衣兜就心满意足

聆听

眼中有一片森林
耳里就有百鸟齐鸣
没有心机的鸟儿
容易染上幸福的疾病

停止头脑中的争论
就能听到花开的声音
美好而无形的事物
将我们的一生引领

大自然的声音
宛若智者的箴言
有时，轻声细语
有时，电闪雷鸣

其实，大千世界
是我们自己的回音
请静下来，仔细聆听

下雨了

青青瓦房的屋檐下
天真的童年
有那么多的欢声笑语

那些回不去的时光
我们一起分享
彼此最珍贵的东西

我们曾经，那么投入地
在别人的故事里
流下自己的热泪

风雨交加的长夜里
你的心和我的心
总是，依偎得那么近

森林里

穿过一则
峰回路转的寓言
我们来到了
许久不见的森林

向无边的苍翠
问一声好
向群山致敬
要知道，心思太重的人
可听不到
丛林深处的鸟鸣

树木、松鼠、小狗和我们
都是大自然母亲
宠爱的孩子
我们彼此相亲相爱
就是妈妈最大的心愿

梦里的诗

只是想打个盹
也可以沉沉睡去

仿佛闭上双眼
整个世界就与我无关

可别以为我在贪睡
告诉你一个秘密

在清醒时写不出来的诗
我就留到梦里去完成

我的梦里有一个会写诗的人
他比我更有才华和想象力

做家务

为每一件物品
找一个干干净净的家
收拾整齐的房间
拥有一种秩序和美感

扫帚、拖把和簸箕
各司其职
明亮的地面上
映照出门窗和家具
琐碎的生活中
也有格外动人的风景

尽管没有外出旅行
在小小的家里
也能锻炼出观景的眼睛

好奇一下

用一颗孩子的好奇心，想一想
楼上的邻居把楼板弄得砰砰作响为何让我心烦
耳朵里一阵莫名其妙的痒为何让我坐立不安
工作中常有些事情不如人意
总有些讨厌的家伙时不时地让我生气

可是
为什么没有人招惹我、没有事情发生的时候
我还是这么不开心呢

月夜的思念

被记忆的鸟儿惊醒
从往事中坐起来
遥看，无眠的圆月
将清辉洒满寂静夜空

思念，总是那么绵长
相聚，总是如此苦短

是否，只要不去想你
心中就不会有无尽的烦恼
是否，只要不去看钟表
这美好的月夜就会成为永远

擦镜子

用力把抹布里的水拧干
对着镜子，擦了一遍又一遍

为何镜中的孩子神情忧伤
仿佛心里藏着烦恼的事儿

是因为丢失了心爱的玩具
还是因为小伙伴离你而去？

对着镜子，擦了一遍又一遍
我要把镜中孩子的忧伤擦掉

书法

平心，静气
意在笔先
呼吸调均了
手才稳
才能驾驭
那支跃跃欲试的笔

调心、调息
调身、调笔
在墨色中
看心的本色
于章法里
观人的活法

我相信
真正懂书法的人
都是活得
更真实的人

色彩

如丝的细雨
飘进了青青田园
江南的拱桥
重逢了朗朗满月
宫殿的屋檐
迎来了皑皑白雪

世上最美的风景
也是无益的
除非它能够
净化我们的心灵

当所有的色彩褪去
才渐渐发现
无色，也是至上的风景

念珠

数着念珠就如同数着离开的缘分
感觉孤单无依的时候就在心里
默默地伸出双臂把自己抱紧
感觉泪珠快要流淌下来的时候
就抬头望望天空，看看白云
就让心事在宽广的天空中化为乌有
就让云朵的手绢轻轻擦掉眼中的忧愁

爱书的孩子

总有一段话语
让苦闷的日子豁然开朗
总有一本书籍
成为情投意合的心灵伴侣

需要致以谢意啊
这个世界上
有这么多美好的书
有益心灵的书
让孩子们的梦夜夜香甜

盘中餐

饥肠辘辘的时候忍不住狼吞虎咽
饿意全无的时候又总爱挑肥拣瘦
摄入过量的食物会损害健康
难吃的食物却往往富含需要的营养

明白了为什么吃饭就明白了为什么活着
懂得这个道理的人就会懂得感恩
会在每次就餐前，虔诚念诵——
感谢那些曾经把我喂养大的
粮食、书籍、艺术、苦难和无尽的爱

光阴的故事

秋天飞走的鸟
开成了春日墙角的花

昨夜消失的星
变成了此刻浮现的云

我们曾经为之悲伤
以为永远失去的东西

在光阴中换了个模样
又回到我们身边

沏茶的孩子

用刚打来的山泉水
用清净的心
沏上一壶香茶
内心安定的人
做事也平稳
壶里和杯里的水
不会到处乱洒

就当是，此生
仅有的一次相会
就当作，此世
最后的一回饮茶

平心静气
专心一意
饮下这杯茶
任凭窗外的山岭
开满红艳艳的野花

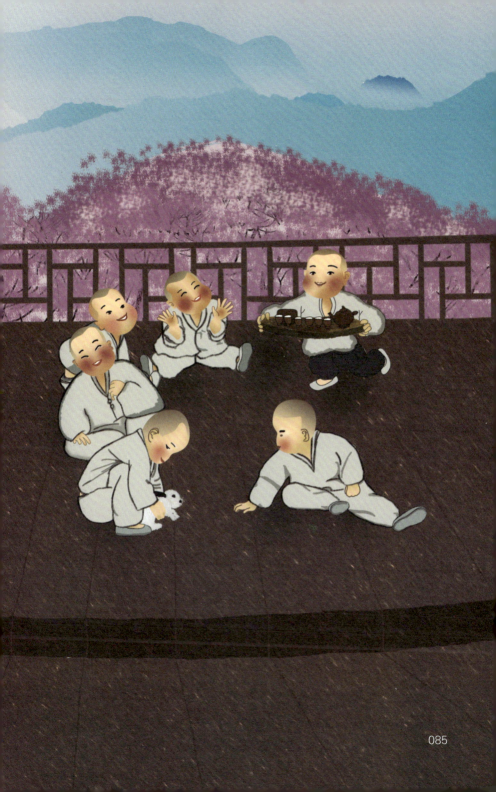

回家

每一个念头
都是道路的起点
每一个结果
都是季节的回答

万水和千山
心，总要出发
永远再遥远
爱，终将抵达
一挥手
缘，远隔沧海
一转念
路，就在眼前

亲爱的孩子啊
梨花已开
回头，就是回家

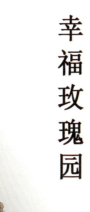

幸福玫瑰园

只有一朵玫瑰
却想要拥有一座玫瑰园的人
是痛苦的

拥有一座玫瑰园
却只想得到一朵玫瑰的人
是快乐的

愿意让更多的朋友
共同欣赏满园春色的人
是幸福的

富有的人不是拥有的多
而是索求的少
幸福如同分享的春光
给予了他人，却丝毫无损自己

眺望

越过青青草地
望见丛丛灌木
越过低矮的灌木
望见点点梅花
越过我们
自视骄傲的事物
望见高高的山
和比山更高的蓝天

眼睛看不到的地方
有一片
只有心灵才能看到的绝美风景

雨荷

大雨骤然而至
雨中的荷花，清新脱俗

就算雨一直下
也没关系
什么样的天气
也影响不了我们
赏花的心情
所谓逆境，何尝不是
难得一见的美景

快看，那个头顶荷叶的孩子
淋成了一朵
咧着嘴笑的雨荷

自在的心

如果不能出门
就当作闭关
如果不能到远方旅行
正好可以在家里修行
如果没有客人拜访
乐得享受清静的时光
如果在外面找不到风景
那就掉转镜头
拍摄自己的内心

随时随地都能找到快乐的人
是因为
拥有一颗自在的心

启程的心

生活，是一场修行
有信心的人，才能看到终点
就如花朵和果实
会在种子的成长中出现
有一些道路
需要迈开双脚才会逐渐显现

勇敢启程的少年啊
不远处的地平线上
正在升起的曙光
已将前方的旅程渐渐照亮
愿你听从内心的指引
在那条少有人走的路上
留下一行坚定的脚印

云中少年

渴望果实的丰硕
却轻视了种子的力量
追求终点的辉煌
却错过了沿途的风光

亲爱的少年啊
你追求的幸福
不在远方，只在眼前
不在云端，只在脚下

歇一歇

累了就歇会吧
没有什么是必须要完成的
中止，不等于终止

痛了就放手吧
没有什么是必须要得到的
放下，不代表放弃

有些时候
告别比挽留更需要勇气
迂回比直达更具有智慧

错过了就莫要回头
没有什么必须要带走
醒来了就好好生活
没有什么不可以重新来过

胖小孩

我本来苗条
只不过贪吃零食，在人生中
不小心长胖了一小会儿

你本来聪慧
只不过贪恋风景，在红尘里
不小心糊涂了一阵子

其实
天下没有真正的胖子
只有停不了嘴的瘦人
世上没有真正的愚夫
只有管不住心的智者

送别

说再见的，未必因为
没有了爱，或者滋生了怨
而是在时光中
彼此用尽了缘

虽然明明知道
月有圆缺，人有聚散
但我们总是，沉醉于相聚
而从未准备迎接分离

或许，我们会因
离别而伤心
但是，对方会因
解脱而欢欣

看清聚散的本质
就无须困于
自作多情或者一厢情愿

内在的景物

你只爱，宝塔入云
我偏好，远山如黛
我们能够看到的
都是内心想要看到的

昨日一片寂寥空旷
今天满目旖旎风光
风景所展现的
只会是心境允许它呈现的

所以，有些时候
我们闭上眼睛，看到的反而更多

每个夜晚

白天漂流的船
停泊于静谧的夜晚
一颗坚硬的心
重新变得柔软

戴上沉重的面具
谁不是流浪的异乡客
回到温馨的家
谁又不是可爱的孩子

在没有猎人的梦中
所有的鸟儿
都会找到安宁的窝
和天空的辽阔

捉迷藏

悄悄地，我把自己藏了起来
藏在一个没有人知道的地方

小伙伴们以为我躲得很远
其实，我就在他们身边

他们发现不了我的藏身之处
是因为他们只看事物的表面

大海把自己藏进一只海螺
宇宙把自己藏进我的心里

这个有趣的捉迷藏游戏
其实分外简单

只是，需要一双
能把这游戏的秘密看穿的眼睛

分享

我们是彼此的镜子
透过对方的眼睛
看见自己
每一步的成长

作为好朋友
我们常常彼此关怀
但不会互相限制
陪伴与聆听
是最好的礼物

心与心之间
不是遥望的孤岛
而是山水相连的大陆

就算一个小小的苹果
也因为与你分享
而变得格外香甜

这一生

人一生，只不过
一身衣
一口粮
一杯水
一张床

何苦要
背负太多行囊
莫不如
一路心情舒畅

最好是
来时身体健康
但愿能
去时心灵无恙

登高

一步一步，登上高台
去看看
远处连绵的山脉

看到更美的世界
是因为
今天的自己
高于昨天的自己

有时候
花的美丽
也会将视线遮蔽

登高
不是为了显耀
而是为了拥有更好的视野

117

传染

既然疾病可以传染
那么，健康也能
如果痛苦可以传染
那么，欢乐也能

有多少束缚
就有多少解脱
有多少阻碍
就有多少成长

在艰难时刻
莫高估了黑暗
而小看了光明

泡茶的心

隐居红尘的茶人
泡的不是茶
而是自己的心
对外无争的心
向内觉察的心

身体是否端正
意念是否真诚
一件件平凡的物件
构筑起茶席上
非凡的意境
此时、此地、此人
就是这杯茶的归宿

看不见的心境
浸泡出
闻得到的茶香

春

无须别的什么
独自坐在花园里
心，静下来
一切都很美好

夏

在诗歌中，我再次成为
那些孩子中的一个
一颗颗赤子之心
活在那么纯净的季节

大自然的每件事物
都具有灵性
视觉退化的成年人
只有通过孩子的眼睛
才能看见
山的精灵
花的精灵
树的精灵
看见夏日的溪水里
小小鲤鱼与莲花的游戏

秋

从黄到金黄
这不是落叶
而是大自然的路标
一年又一年
在指引我们回家的路

冬

树枝上，红色的梅花
像小小的火焰
送来老朋友的热情问候

漫天风雪的日子
我们更能感受到
彼此之间的爱和温暖

那个冰雪堆成的小娃娃
一脸憨憨的笑
在幸福的雪花覆盖下
胖了起来

灌溉

又一桶水，浇入田里
滋润一株株禾苗

灌溉庄稼的时候
也是我们低头
向土地致敬的时候
我们都是大地母亲的孩子
被同一片沃土喂养

懂得感恩的孩子
会悉心耕耘每寸土地
不用为秋天的收成担心

画一朵花

灵巧的心
能够妙笔生花
笨拙的心
难以画饼充饥

树上的花，短暂易逝
纸上的花，无中生有
画画的人试图
将短暂变成永久

无论是树上的花
还是纸上的花
其实，都是心上的花

充实的日子

一个人读书
两个人交谈
三个人品茗
四个人插花

简单的日子
也可以过得丰盛
今天过得充实
明天就值得期待

笑看，窗外的绚烂
静守，内心的平淡

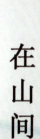

在山间

与久违的春天相约
拜访青青山峦

去年探望过的桃花
今年如约而开

有一颗隐士的心
闹市也是桃源

观景的人置身于景中
被另一个自己瞥见

137

吹一口气

轻轻吹一口气
蒲公英就随之飞远
在草丛的深处，撒下无数种子

同样的，是谁吹了一口气
让我飘落到这里
拥有了曲折起伏的命运之旅

我和蒲公英之间
存在着如此奇妙的联系
我和你，因为那一口气
在这片名叫地球的草丛里相遇

登山的路上

登山的路上
有缓坡，也有陡坎
有风光，也有险地
有时需要疾走
有时需要慢行
直行的是道
迂回的是景

登山的路上
有鸟语，也有花香
有涌泉，也有深涧
有时需要静听
有时需要远观
有韵的是歌
无言的是禅

心的创造

我们的这颗心
具有无限的可能性

制造黑暗的是这颗心
创造光明的也是这颗心
灯盏一旦点燃
黑暗自然消散

作茧自缚的是这颗心
破茧成蝶的也是这颗心
若不破茧而出
怎知天地壮美

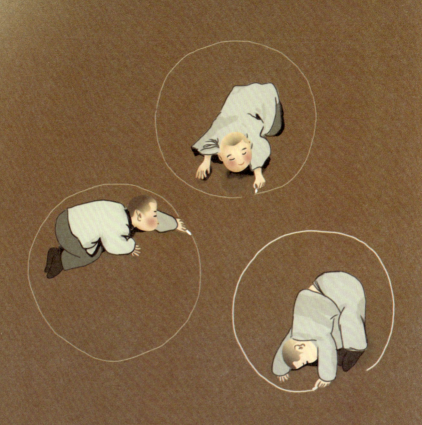

老渡口

红尘是条长河
古老的智慧，是摆渡的船
岸边摇曳的芦花
就如那看不见的艄公脸上
微微展露的笑颜

旅客来往的渡口
有一片景色异常美丽
它已等了一千年
只为你
今生的这一次回眸

吹笛少年

闻到
风中的淡淡花香
忆起
可爱的圆圆脸庞

天空
无垠蔚蓝
草地
一片金黄

147

和自己在一起

皎洁的月光
洒落在
繁花簇拥的窗前
煮一壶清茶
将夜晚温暖

把白天的工作搁下
放松心情
听一首动听的歌曲
看一本喜欢的书籍
翻阅自己从前写下的日记

独自一人也不会孤单
我的心
一直将我陪伴

清晨的锻炼

每一天，我们都需要
自己把自己唤醒
在微露的晨曦中
开始身与心的双重锻炼

一千个理由在耳边说
放弃吧，我们总是擅长
为自己的惰性申辩
而自律的人，懂得先苦后甜

每个早晨的选择
决定了谁是真正的强者
英雄征途的第一步
就是告别清早被窝的缠绵

看见

美好的景物
原本就在那儿
只是，我们以前没有看见
最好的景色
只为不赶路的人呈现

美丽，源自花朵
欣赏，却发自内心
懂得欣赏的人
自己就是一道行走的风景

比寻找新的风景更重要的
是拥有一双发现美的眼睛

154

心灵的劳作

桃树旁，竹林边
松土、播种、施肥、浇灌
大地的农夫
用双手和锄头
肥沃了每一块农田

土地不会欺心
季节不会负情
懒惰的人，离春天很远
勤劳的人，离春天很近

好好说话

我家的猕猴桃有点酸
你带来的李子很甜
就像我们随口说出的话语
有的顺耳，有的伤感

说话，是每日的修炼
请把好嘴巴这道关
须知，语言是一柄双刃剑
既能杀生，也能救命

停止无谓的对错争辩
默察每个选择的前因后果
回到爱的源头，让彼此
吐露心中本有的朵朵金莲

新的一天

如果说，晚上的星光
是漫天闪烁的夜宵
那么，冉冉升起的朝阳
就是新鲜出笼的早点

伸伸懒腰，打个哈欠
向亲爱的世界问一声早安
从春到冬，从暮到晨
万物一直把我们默默滋养

人生是场难得的盛宴
每个人，都是心灵的厨师
当炊烟再次弥漫，请好好烹调
这冷暖人间崭新的一天

摘玉米的猴子

有一只猴子，去地里摘玉米
它摘下一根，又摘第二根
摘下第二根，就扔掉第一根
再摘下一根，又会扔掉前一根
所以，这只傻乎乎的猴子
无论怎么努力
手里只会保有一根玉米

可是，无比聪明的我们
究竟需要多少玉米才会满足呢

只要一根玉米是为了留一只手去抓住快乐
扔掉多余的玉米
也就扔掉了多余的烦恼
从来不去计算
所以永远不会失算
我们嘲笑的猴子大智若愚，它懂得
把手中的玉米送回大地
从而获得了无限可能

四季流转

那种使春天离去的力量
又将春天带了回来
一天又一天
窗外的树，开始发芽
曾经光秃秃的树枝上
渐渐开出
几朵白色的小花

一片树叶，就是一个
励志的成长故事
一朵最小的花
也是一道亮丽的风景
让我们相信
所有严冬经历的磨难
都已化作了土壤的养分

心里一直装着春天的人
会把每个日子过得春意盎然

呼吸幸福

幸福，如免费的空气
无处不在
懂得一切无常
就懂得
能够呼吸，就是幸福
从这个意义上来说
一朵花就是一份恩赐
一颗糖也是一件礼物
我们熟视无睹的
往往也是最为珍贵的

幸福并非摘花的那一刻
而是浇水的每一天
有智慧的人不会执着于
糖的数量
或者口味
而是懂得
不让欲望
阻碍了对手中这颗糖的品尝

笑一笑

思虑的事情越来越多
开心的时候越来越少
承受的压力越来越大
脸上的笑容越来越少

严肃地板着脸
仿佛人人都欠了我们的
再多的财富和名声
也未必能换来会心一笑

唯有俯身向孩子学习
那无忧无虑的欢笑
是一条免费的时间隧道
让我们和世界重返青春年少

历程

因为知道，有一些事情
只不过是过程而不是最终的结局
所以不会担心

因为知道，另一些事情
无论过程怎样却会有必然的结果
所以感到放心

需要成长的日子一天天都经过了
果实就会出现在枝头
需要经历的路程每一步都走完了
终点就会展现在脚下

鼓手

从丰满的理想
到消瘦的炊烟
每个人，都要完成
属于自己的功课
心灵的学习，无处不在
热爱生活的人
能听到时光中
越来越响的鼓点

从身躯的起点
到灵魂的终点
一万条水，滋养了
一千座山
谁迈开脚步
路，就为谁展开
谁抬头仰望
天，就为谁湛蓝

照见

身体、思维、情绪
每一天的无常
每一刻的变幻
每一秒的沧海桑田

求之不得
决定果实的
其实是，内因外缘
不求得之
主宰命运的
原来是，起心动念

过去的忏
未来的愿
当下的觉知、体验

从复杂，到简单
从外怨，到内观
从随波，到溯源

拿起，放下
饮茶，参禅
稳坐悠悠空船
笑看红尘千帆
静待暗夜月圆
照见我心似莲

173